历史之谜

少年科学推理小说

北京科学技术出版社

100层童书馆

少年科学推理小说

历史之谜

热沃当恶兽

〔法〕帕斯卡尔·艾德兰　著

〔法〕阿尔班·马利罗　绘

顾珏弘　译

北京科学技术出版社

100 层童书馆

第一章

游荡的野兽

1764 年 8 月 15 日，天色已暮。夜的黑影吞噬着陡峭的山谷。骑马行进了一天之后，皮埃尔·丰特奈尔已经筋疲力尽。他本该在山谷里的村庄停下过夜，但还是忍不住想再往前走一走、探一探——听说山谷深处的热沃当经常有狼群出没。他已经迫不及待想要接近它们、观察它们。研究这些野兽是他的兴趣所在，这种热情经常会战胜谨慎和理智！

　　作为博物学家，年轻的皮埃尔的足迹已经遍布法国各省，只为研究各种狼的特点和习性。这种迅捷而强壮的野兽常常给人以可怕、凶残的印象……也因此，人们常将它们与魔鬼联系在一起。

　　突然，他的马停了下来。前面的小路蜿蜒曲折，一直伸向幽深无边的矮树林和乱石岗。马儿停着不动，打了一个响鼻——它很恐惧！

"怎么了，查第格？"

灌木丛中传出枝干折断的声音。皮埃尔不由绷紧了全身，把手伸向挂在腰间的手枪。这种偏僻的地方常有盗匪流窜。他们时刻准备割断你的喉咙，抢走你那点可怜的零钱。皮埃尔宁愿路遇猛兽，也不愿意误入大盗们的地盘！

他屏气凝神，警觉地观察四周。再没有任何动静。他用脚后跟轻踢了一下查第格，想让它跑起来。然而，马儿非但没有前进，反而往后退了几步，眼中充满了惊慌。

怎么回事？到底是什么东西让它怕成这样？

突然间，一头又矮又壮、浑身是毛、眼里冒火的动物出现在灌木丛中。受惊的查第格嘶叫着直立起来。皮埃尔试图控制住它，但还是从马背上重重地摔了下来。马儿丢下错愕的骑手，狂奔向不远处的斜坡。大概是被马的反应刺激到了，那头野兽也消失于树影之中。

那到底是什么动物？昏暗中，皮埃尔没能看清楚，但还是结结实实地被吓到了。

他想爬起来，但腿疼得厉害，尽管如此，还是要站起身找回马儿。他找到一根木棍作拐杖，靠着它迈开步子，一边大声呼唤着查第格，一边小心翼翼地检查周围的灌木丛，同时还要提防着那头神秘野兽再次出现。

"个头大概有半米到一米，也许是头野猪。"他自言自语道，"真倒霉，没看清楚！毛应该是红棕色的，对，肯定是。但话说回来，很少有红棕色的野猪……为什么这个畜生让人不寒而栗呢？"

查第格果然在下面的斜坡等着。它的尾巴夹在后腿间，不敢直视主人。

"就这么逃跑了不觉得心虚吗？你这个胆小鬼！"皮埃尔大声咆哮起来，"看看我现在的窘态，还不都是因为你！"他一边叫，一边痛得龇牙咧嘴。

马儿低声嘶叫着。"动物到底能不能通晓人的情感呢？"皮埃尔经常自问。其实在这个问题上，真正的研究才刚刚展开，他本人正是这项研究的拓荒者之一。在这一领域，有太多东西值得去发掘，值得他投入毕生的精力！皮埃尔确信，在未来的岁月里，在今后的几个世纪中，各个学科门类，比如动物学，比如他本人从事的研究领域，一定会大踏步地前进。

想到这里，他为能够参与《百科全书》的编纂而自豪。这个宏大的项目由狄德罗和达朗贝尔共同主持。他们召集了十多位知名学者、哲学家和各行各业的专家共同编纂此书，希望能够收集、整理当代各学科的知识，并传递给广大读者。皮埃尔负责的部分是关于狼的。传播知识、对抗无知、启迪心灵……对，他发自内心地热爱这场照亮整个时代的启蒙运动！

突然，嘎吱嘎吱的声音从背后响起。皮埃尔不禁打了个哆嗦。两个男人走了过来，原来是两个当地的农民，他们穿的木鞋在狭窄的道路上相互碰撞，发出嘎吱嘎吱的声响。

"喂！这位先生，您就是这样靠两条腿一路走过来的吗？"其中一个人喊道。

皮埃尔跟他们讲述了自己的遭遇。当说到他隐隐约约看到一头野兽时，两个男人交换了一个意味深长的眼神。他们的举动激发了年轻博物学家的好奇心。

两个男人帮助皮埃尔重新坐上马背，他摔得很重，伤势不轻，腿疼得愈发厉害。他接受了两人的建议，去最近的村庄治疗。一路上，他注意到，这两个健壮的伙伴总是紧张地观察周围的环境。

黑羊旅馆和当地其他的房子一样，异常寒酸、阴暗。好在当地气温凉爽怡人，旅馆的汤美味可口，老玛丽又照顾周到，这一切多少减轻了皮埃尔的痛苦。掉下马背、被人打伤、各种各样的意外事件……皮埃尔经历得太多了。但这一次，为了治好腿伤，这个大胆的年轻人却不得不卧床几周。

"只能被困在热沃当了，这里蛮荒贫穷，跟发达的北部真是没得比……"他忍不住这么想。

刚开始几天，皮埃尔待在旅馆的小客厅里修改、润色几篇关于狼的手稿，以此打发时间。老玛丽时不时地过来瞅一瞅正在奋笔疾书的他，似乎对眼前这个博学、瘦削、苍白却英勇的年轻人充满了好奇，但她也不禁惋惜：一个如此漂亮、年轻的小伙，就这样被困在这间简陋的小旅馆里！

"这儿有人会读书写字吗？"皮埃尔想着，"我猜可能没人会！农民们的日常劳作太辛苦了，哪还有时间打开书本，认识世界呢！"

他花了很大的耐心，让这个沉默寡言的老妇人开了口。她告诉他，近几年，热沃当的不幸接连不断：天主教徒和胡格诺教众之间的卡米扎尔之战、鼠疫、饥荒、羊群中蔓延的传染病、英国—普鲁士联盟与法国—奥地利联盟之间的七年战争遗留下的创伤……所以当地总是弥漫着一股沉重的气氛！

过了一会儿，皮埃尔终于提出了那个一直在嘴边的问题："我曾经在离这儿几里的地方，遇上了一头叫不上名字的野兽。它个头很大，浑身长满毛，把我的马都吓坏了。我从马背上摔下来也是因为它。您知道是什么动物吗？"

玛丽顿时脸色发白，愣住了："'恶兽'，您看到了'恶兽'，上帝啊！"

她马上在胸前比画起十字。

"您说什么，'恶兽'？"

"牧羊犬小布莱走在田里，被它咬死，整个吞了下去！"她脱口而出。

"还有，在马斯梅让镇，它吃掉了一位正在照看羊群的牧羊女！"一个驼背的男人不知什么时候悄悄走了进来，坐在客厅的另一头说道，"另外，不远处的镇子普拉代勒，有一个放牛人也被袭击了。"

"'恶兽'究竟长什么样呢？"皮埃尔问道。

"我听说有个女人曾经近距离看到过它。"一个名叫雅克·波特费的男孩走进客厅来放奶酪，他的目光炯炯有神，"那时天气很热！她正在朗格日照看母牛和小牛群。'恶兽'扑到她身上想咬她的喉咙，原来是一头巨大的狼！"

"一头狼？"

"是的，大人。她说这头狼的毛是红棕色的，背上有黑色的条纹，嘴里长满了尖利的牙齿！多亏牛群，那个女人得救了。牛扑向狼，狼最后逃走了！但当时没有其他目击者。"

"一头狼不去攻击没有防备的小牛，反而去攻击一个女人？"皮埃尔有点疑惑。

"照我说，这背后肯定有女巫在捣鬼！"驼背男人朝地上吐了口痰，大声说。

皮埃尔笑着想，"这么说来这儿的人还相信女巫？中世纪的迷信真是根深蒂固！"

"什么女巫？"他问道。

"您觉得很好笑吧？呵，城里来的年轻先生。"男人反驳道，"瞧瞧您，气质高贵，穿戴整洁，在您看来，我们当地人居然会相信这么愚不可及的事！但告诉您，我就亲眼见过女巫，千真万确！"

"确实，那个让娜就是个女巫！"玛丽补充说，"她跟我们都不一样。她和一头狼住在一起。令人诧异吧，丰特奈尔先生！"

和一头狼住在一起？真是难以置信！皮埃尔觉得自己真有必要去会会这位"女巫"！他感到自己心跳得厉害，因为这些和狼有关的谜团已经伤到了他——一个狼专家的自尊心。于是，他下决心：一旦身体恢复，将不惜一切代价弄清楚这个游荡在热沃当的"恶兽"的故事……

© Superstock/Leemage

狼——顶级掠食者

　　热沃当的"恶兽"真的是一头狼吗？大家普遍认同这种假设。狼浑身长满肌肉，强壮有力，耐力极好，可以长时间、长距离地奔跑。狼的感官十分敏锐：拥有锐利的双眼、极强的听力和发达的嗅觉……它的颌部长着长长的獠牙，咬合力惊人。它异常狡黠。简而言之，这是一种身材健壮、善于捕猎的野兽。尖尖的头部、略微倾斜的黄色双眼和深夜中的嗥叫——狼，总是让人印象深刻！

吃人的恶狼

在历史上，饥饿的狼群吃过战场上的死尸，吃过绞死的人。单独外出的小孩偶尔也会成为狼群的猎物。但总体来说，狼害怕人类，除非被激怒，否则很少主动袭击人。它们喜欢的食物主要是山羊、绵羊和母牛！由于它们对畜群造成的破坏，几个世纪以来，人类——尤其是捕狼专家和捕狼人开展了大规模的捕狼活动。

每 日 速 递

布列塔尼沼泽地
被狼群围攻的人

第二章

龙斗士与女巫

等到脚刚刚能够触地行走，皮埃尔就离开了黑羊旅馆。他在当地租了一个带家具的小房子。房子主人曾是村子里最年长的女人，不久前去世了，于是房子就闲置了下来。房子虽然简陋了些，但皮埃尔倒觉得很清净。

因为实在不会做饭，皮埃尔只能经常拄着拐杖，步履蹒跚地走到老玛丽的旅馆去吃饭。当然，趁着吃饭的机会，也正好让玛丽跟他讲讲"恶兽"最近的新闻。

玛丽告诉他，8月25日，就在离村子不远的一块草地上，"恶兽"把一个15岁男孩咬死后吞掉了。

不久之后，9月1日，另一个男孩也在同样的情况下丢了性命。

9月6日傍晚，艾斯特莱的某个村子里，一个叫阿奈特的女人在离家几步远的菜园里干活时，被那头神秘的动物袭击杀死。人们追捕未果，那个动物再一次逃走：还是它，"恶兽"！

皮埃尔迫切地想要知道更多的消息！他勉强骑着马，来到艾斯特莱的那个村子，准备调查一番。最后，他在村里找到三个目击证人。一个矮小的女人说9月6日早上她在村子附近看到过长得像狼的，体型庞大的动物出没。另外两个男性目击者的描述更有价值：他们就在阿奈特受袭的现场。当时，听到阿奈特的喊叫和动物的嗥叫，他们拿上斧头冲了过去。虽然"恶兽"被吓跑了，但对受害者来说，还是太晚了，唉！

"能不能跟我描述一下那个动物的长相？"皮埃尔激动地问道。

"它浑身是毛。嘴巴大得像熊嘴一样。爪子锋利得如同刀片。血红的眼睛简直能放出闪电！"第一个男人说着，脸色变得煞白，"它就是魔鬼！我确定！"

"它站起来的时候就像一个男人！"第二个男人一边说一边发抖，"它背上长着鳞片，一口就能把可怜的阿奈特吞下去！"

"嗯……这几个目击证人似乎有点夸大其词，"皮埃尔心想，并用怀疑的眼光打量着他们，"很明显，他们受到了刺激，恐惧会扭曲人的视觉和记忆。"

但一回到家，年轻的博物学家还是一丝不苟地把三位证人的证词誊抄到纸上。他一定不能遗漏任何细节。作为一名合格的科学工作者，他必须保持客观，用理智的头脑来分析和辨别这些证词。当然，最理想的就是能够近距离亲眼看到"恶兽"，然后再做出具体判断。这个想法让他感到既刺激又害怕！

很快，随着最近三起死亡事件的发生，尤其是阿奈特在菜园遇袭身亡的事件之后，热沃当的气氛一下子就紧张起来，这表明那头凶恶的野兽开始袭击村子了！人们已经无处可藏！

恐惧迅速蔓延开来。一到傍晚，村民们就急急忙忙回家，然后立刻锁上沉重的木质百叶窗。任何一点儿轻微的响动，或者是奶牛不正常的叫声都会让他们惊恐不已。大家结伴照看牛群和羊群，随身拿着叉和矛自卫。

作为博物学家的皮埃尔，掌握了狼群和其他大型食肉动物的丰富知识，他给出了自己的建议："如果这只'恶兽'再突然出现的话，大家要正面对着它，千万不要逃，不要背过身，不然肯定会被袭击！"

有人反驳说这些建议说起来容易，做起来难，巴黎来的小知识分子根本不清楚当地的情况，没有人需要他给什么建议……

皮埃尔被激怒了，这群人真是目光短浅！

德·蒙冈先生、德·阿普歇侯爵以及其他几位掌管当地事务的领主，整日忧心忡忡。他们组织了几次抓捕行动，猎人、农民和猎场看守员一起在树林里四处搜寻，希望能够逼迫"恶兽"现身。大家还专门搜索了梅克瓦森林，那里树木茂盛，兽穴很可能就藏在那里。但所有努力都毫无成效，根本没有人看到"恶兽"。

1764 年 9 月 15 日，在几位领主的请求下，杜阿梅尔上尉带领着他的龙斗士兵团前来增援，一起追捕"恶兽"。皮埃尔认识上尉，上尉品德高尚、精力充沛，虽然才智有限，但做事很有章法。他手下有 57 名年轻力壮的士兵，士兵们虽能吃苦耐劳，但却十分野蛮粗暴。他们住在当地居民的家里，很多士兵行为粗鲁无理，看不起当地农民，甚至还欺负他们。一天晚上，在回小屋的路上，皮埃尔看到一个士兵用脚踢一个男孩，要挟男孩给他找酒喝。皮埃尔顿时火冒三丈。

"放开那孩子，你这野蛮之徒！你以为这是哪儿呢？"

"想怎么样？你这个瘦子！"士兵嘲笑道，"想要威胁我？天哪，我好害怕呀！"

他继续狠狠地踢男孩，男孩滚到地上。皮埃尔很快做出反应，他用拐杖狠狠地击打士兵的软肋……士兵痛得弯下腰来，紧接着，他屁股上又挨了一击。

皮埃尔并不喜欢打架。但若是情势所逼，他也绝不犹豫！

龙斗士暴怒地站起来，准备拔剑。就在这个时候，杜阿梅尔上尉突然出现了。他大声斥责士兵，平息了这场争斗。

皮埃尔也因此同龙斗士树了敌。但这件事之后，村里人不再用异样的眼光看他，甚至还对他产生了一些好感。

到了10月份，袭击事件再次发生。从第一起事件算起，一共有 12 人丧命，这还没算上那些重伤者。让皮埃尔更加失望的是，受到巨大冲击的伤者都无法描述袭击者的模样。

表面看来，在龙斗士的驱捕下，"恶兽"已经远离了之前的领地。根据皮埃尔搜集的各类信息，它通常在清晨袭击猎物，地点往往在牧场的斜坡上，而这些牧场靠近一条叫作特吕耶尔的小河，河虽小，水流却分外汹涌。

一天黎明时分，年轻的皮埃尔再也坐不住了。最近又有几个年轻的放牛人遇袭，他决心做点什么。他躲到一棵白蜡树的树杈上，那儿离最近几起袭击的事发地仅几步之遥。他一定要看到这个动物，弄清楚它到底是狼还是其他大型食肉动物……他考虑得周到细致，在树下放了一副羊羔的骨架用来吸引"恶兽"。

他待在树上，一动不动，耐心地等待。绵绵的秋雨打湿了他的帽子。时间过得很慢，很慢……乌鸦的叫声打破了寂静。一只狐狸偷偷地从草地溜过……

"这么做真是可笑，"皮埃尔自言自语，"碰巧能看到'恶兽'经过的概率大概小于三百分之一……但是，我坚信，不入虎穴焉得虎子！"

他打了个哈欠，伸了个懒腰，舒展一下僵硬的身体。突然，一个如鬼魅一般的黑影在两棵树之间一闪而过。它浑身长满毛、尖尖的耳朵和毛茸茸的尾巴……皮埃尔浑身一紧，心跳加速，手立刻伸向手枪。

那头动物迈着缓慢却灵活的步伐慢慢地靠近。是一头狼，一头灰色的狼，体型很小——跟人们描述中长着红毛、力大无比的"恶兽"截然不同。在离树下羊羔骨架还有几步的地方，狼停了下来，用鼻子嗅了嗅，然后竖起尾巴。它抬起头，黄色的双眼紧紧地盯着树上的人。

"千万不能动！"皮埃尔心想。

"这头野兽真是漂亮极了！"他忍不住观察它，"如果没弄错的话，应该是头母狼。但它并不是人们说的'恶兽'，这很肯定。"

狼稳稳地坐在树下，轻蔑地看了看它眼前的肉，然后抬头死死地盯着他。它到底想干什么？

突然，不知从哪里冒出来一个年轻女人。红棕色的头发披散着，就像跳跃的火苗。

"莫狼会在下面等好几个小时的！"她大声说，"我觉得您可以从上面下来了。别担心，它不会伤人的。"

"她就是那个叫让娜的'女巫'？"皮埃尔心想，"下面的狼就是'恶兽'？"

皮埃尔同意了。但因为下得太快，他一屁股坐到了烂泥里。真可怜！

女孩嘲笑他："您身手可不够灵活啊，学者先生！您可得当心点儿，在我们这儿，大自然是很残酷的！"

她个头高大，身材健硕，眼睛是绿色的，脸颊上有一道细细的伤疤，一脸骄傲的神情。

她怎么知道他是谁？

"这条伤腿还没好，所以我才会行动不灵活。"他生气地说。

"我知道，"她说，"您需要敷一点儿金丝桃膏药，这样才好得快。"

狼紧紧地挨着皮埃尔，不停地嗅他。年轻人紧张地屏住了呼吸，他从来没有如此近距离地观察过狼。他感到既兴奋又害怕，身体微微颤抖起来……他注意到狼的眼睛下面有一块黑色的斑点。

"如果您想用这么愚笨的办法来吸引'恶兽'，那肯定行不通。"年轻女人说，"它可狡猾奸诈得很，而且总是在意料之外的地方等着人。您可千万小心了！"

她直直地盯着皮埃尔的眼睛。

"但话说回来，这其实不关我的事。"她说道，"但愿人们好自为之！过来，过来，莫狼，我们回去了！"

她离开了，悄无声息地消失在雨中。狼紧紧地跟在她身后，她神秘而又美丽。他有无数问题要问她，关于她本人，关于她那头驯养的狼……但为时已晚。

接下来的几个月，杜阿梅尔上尉的龙斗士们又进行了多次疯狂的搜捕。其间，他们屠杀了很多狼，但依旧没有抓住那头肆虐村庄的"恶兽"。到1764年12月底，受害的人数已经上升到了30人。

最终，任务失败，龙斗士们只得垂头丧气地撤退了。离开之前，沮丧的杜阿梅尔上尉跟皮埃尔说：

"唉！'恶兽'聪明得叫人害怕！它总是不停地换地方。没人知道它下一次会出现在哪里！它好像知道我们的计划，每次一有新的行动，它就躲起来或者换地方。"

他阴沉着脸色，接着说："您知道吗，我看到过它！的确是头奇怪的动物，一半是狮子……呃……一半……我也说不出到底是什么！"

出发前，那个曾经被皮埃尔"教训"过的龙斗士朝他露出了一个讽刺的微笑，好像在背地里密谋什么。皮埃尔朝他点了点头。

皮埃尔回到家，正准备睡觉的时候，却发现床上放着一个血迹斑斑的捕兽夹——这个玩笑真是低俗得很！

第三章

从"恶狼司令"到"狼人"

冬天来了，严寒也随之到来。热沃当的人们依旧生活在野兽袭击的恐怖之中。

圣诞夜，做午夜弥撒的时候，本堂神父劝诫大家要更虔诚地祷告，祈求怪物不要再来袭击。

那天晚上，皮埃尔在黑羊旅馆饱餐一顿。他回到自己的房间，蜷缩在壁炉的小角落里。这个时候他感到异常孤独。他在这个荒凉的地方到底想要干什么？为什么不能忘掉那头贪婪的野兽，忘掉这段该死的经历，继续自己的旅程呢？但他很快否定了这个想法。不行，他还是应该把调查坚持到底——坚持科学的调查！但到底应该怎么做，才能赶走这头难以抓捕的"恶兽"，帮助当地的人们呢？对于自己的无能，他感到异常愤怒。

"要是农民有权用猎枪打猎和自卫就好了！"他低声抱怨，"但土地和狩猎权都归国家所有，只有贵族和猎场看守人允许携带猎枪。要想和狼对抗，这些可怜人只能用斧子、大镰刀或者设圈套。很明显，国王害怕人们获得武器装备。人民受尽各种不公平对待，悲惨的遭遇使他们一旦有了武器装备，就可能会发动起义……"

皮埃尔又想起了那个谜一般的让娜和她那头被驯服的母狼。她到底是怎么办到的？驯服这样一头野蛮的动物。

他当然听说过所谓拥有神奇力量的"恶狼司令"。据说他们是一群邪恶之人，能够让狼听命于己。他们控制这些"凶恶的野兽"，让它们去伤害冒犯过他们的人。据说，有一天晚上，一个"恶狼司令"向一个曾经对他恶作剧的农夫报复。他指挥狼群把农夫最好的马撕成了碎片。暴怒的农夫杀死了他。最后狼群带走了他的尸体，从此之后，人们再也没见过"恶狼司令"。

"这些关于'恶狼司令'的故事肯定都是传说！"以前皮埃尔很坚信这一点。

但从他遇见了那个年轻女人之后，他就不那么确定了……

他后来没再见过她。但之后的一天，按照雅克·波特费的指点，他终于找到了让娜住的小屋。小屋位于一个山谷之中，那里长满了栗子树……地上插着各种动物的头骨——山羊、狐狸、狗獾，一切都显得阴森可怖！小屋似乎已被废弃。皮埃尔感到浑身不自在，他既不敢留在那儿，也不敢回去。他暗暗地想：在"恶兽"袭击的阴影下，这个孤僻的女人还能平静地生活？莫非她和"恶兽"是一伙的……

1764年12月31日，本堂神父召集了教区所有居民，向他们宣读主教训谕——他的上级德·芒德主教撰写的官方文件。按照主教的说法，这些遭遇都是天主对他们的惩罚，惩处他们的罪孽和恶行。为了驱除"恶兽"，他们应当谨言慎行，心无恶念，教育子女尊崇上帝的权威。人们大受震动，一个个怕得发抖。而皮埃尔则丝毫不相信所谓"天主的惩罚"的说法。

凡尔赛宫内，国王路易十五忧心忡忡。虽然他的国家在欧洲强盛一时。但最近一段时间，对他本人的质疑不断出现。这个从前备受爱戴的国王如今备受指责，人们认为不应该打那场可恶的七年战争，落得被该死的英国人和普鲁士人打败的下场！人们指责他不顾人民的福祉，过分集权。众多议员甚至公然反对他的集权！整个事件已经发展到难以控制的地步！

在这种背景下，热沃当"恶狼"事件的恶劣影响更是令人担心不已。朝廷上，大家越来越多地提起这个偏远的省份，提起这些骇人的事件。当地人受到的伤害令国王心痛不已，搜捕行动失败也使他大为震怒。作为人民的保护人，他有必要采取行动，维护自己的权威。于是，他决定悬赏一万里弗尔（法国古代货币单位之一），奖励抓住"恶兽"的人！一万里弗尔，可真是一大笔财富！

但在热沃当，事态并没有平息。"恶兽"继续制造恐怖气氛。皮埃尔认真地追踪近期发生的事件。

一天晚上，它站立起来，趴在一户人家的窗口，咧开大嘴，那家人吓坏了。当然，这仅仅是当事人的描述。

三王来朝节 ① 那天，两个女人在去做弥撒的路上被一

———————

① 三王来朝节：传说耶稣降生后来自东方的三位王带去礼物朝拜，朝拜日 1 月 6 日被定为"三王来朝节"，亦称"主显节"。

个突然出现的男人吓坏了。那个男人相貌丑陋，毛发浓密，浑身脏兮兮的，之后他很快消失在树林里。两个女人觉得他是狼人，他很快就要来吃她们了！听到这种说法，皮埃尔忍不住笑了——乡间流传的又一个根深蒂固的迷信！据说，这些狼人都是些罪犯，而且他们和魔鬼之间订立了协议，能够在满月的夜晚变身成为狼，犯下令人发指的罪行，而后在黎明到来之前再变回人形。

皮埃尔对这个传说很感兴趣，为此还找到了科学解释：在极度饥饿的情况下，有些人会产生幻觉，达到一种疯癫的状态，可称之为"变狼妄想症"或者是"狼化妄想症"。他们觉得自己是狼，而且会突然变得狂躁且具有攻击性。

年轻的博物学家认为，那两个女人看到的毛发浓密的男人很可能只是一个流浪汉。然而，在同一天，就在那个男人出现地点的不远处，一位妇女和一个年轻姑娘被"恶兽"杀害了。这也是巧合吗？还是说这个男人和那头"恶兽"之间有着某种联系？

两个星期内，又接连发生了八起受害事件——受害人主要是年轻姑娘和小孩——他们都不幸遭遇了"恶兽"獠牙的袭击。"恶兽"超乎想象的灵活而且大胆，它敢一下子袭击三个男人，之后又像一阵风一样逃得无影无踪！人们的恐惧达到了极点。

龙斗士和杜阿梅尔上尉又被请了回来。但还是没什么效果。

1765年1月12日，出现了令人意想不到的戏剧性一幕。七个孩子，其中包括最年长的雅克·波特费，正一起照看草场上的羊群。孩子们拿着钉耙，牧羊棒上也装上了刀刃。突然间，"恶兽"从一块石头后面蹿了出米。

"小心！不要逃，也不要背对着它！"小雅克大声喊道，"皮埃尔先生这么说的。我们要在一起，小心！"

"恶兽"围着这帮孩子打转，试图发起攻击。孩子们用手中的武器刺它，但它毫不退缩。它的皮很厚，连刀刃都无法穿透！猛然间，它咬住了最小的男孩，把他叼走了。

"让没命了。"一个小女孩痛苦地说，"快，我们快逃！"

雅克犹豫了片刻，做出了决定："不行，不能这么做，我们要救他！"

于是，孩子们大声喊叫着，去追"恶兽"。雅克有了主意：把"恶兽"赶到泥潭里。如他们所愿，它被厚厚的烂泥缠住了，在泥潭中不知所措，孩子们很快追了上来。在钉耙的击打下，它终于松开口中的猎物逃走了，让得救了。

回到村里，迎接孩子们的是热烈的欢呼。大家称赞他们的勇气，尤其是年轻的雅克。

雅克为自己的壮举感到十分骄傲，他向皮埃尔详细描述了"恶兽"的模样："它模样看起来像狼，但体型像牛一样庞大，浑身长满红棕色的毛，背上有一部分毛是黑色的。它的头又长又大，爪子很尖利，嘴巴大得吓人！它想攻击我们的时候，会弯下身体，嗷嗷叫，长满毛的尾巴用力拍打地面。它的皮毛坚硬得如同石头一般！"

"太棒了！"皮埃尔称赞雅克。他默默地记下这些宝贵的信息，因为他比其他人说的更加可信。"我敢说因为这次壮举，你一定会出名的。多亏了你，我们才第一次让'恶兽'吃到一点儿苦头。甚至可以说这是它的一次溃败！"

龙斗士们还是一无所获，而且越来越受到人们的唾弃。二月的时候，热沃当的领主们想了一个新办法：他们获得了国王的许可，从诺曼底请来大名鼎鼎的捕狼队队长马丁·德内瓦尔。这位年老的捕狼队长，经验老到，已经抓获一千两百多头狼。大家一致认为这次一定会摆脱这头在法国肆虐的"恶兽"。大家相信，德内瓦尔一定能够战胜这头吃人的"恶兽"，对很多人来说，这头"恶兽"已经不仅仅是简单的一只动物了。

德内瓦尔到了。他穿着红色的礼服，满脸骄傲的神情。跟他一起来的还有同为捕狼人的儿子、捕兽的骑手和数量众多的猎犬。

"放心吧，善良的人们！有我在，'恶兽'很快就会被消灭！"他头戴三角帽，微笑着宣布。

皮埃尔感觉这位老队长对自己充满信心。

捕狼人一来，"恶兽"出人意料地安静了下来，但没过多久，又开始大肆屠杀。

龙斗士们的狩猎行动打扰了德内瓦尔。后者强烈要求士兵们离开当地。当然，这让杜阿梅尔感到不快，因为他不喜欢失败，但最终还是无奈接受了。于是，伟大的捕狼人可以自由行动，设置陷阱抓捕"恶兽"。

皮埃尔大惑不解。

"狼怎么可能会有这样的行为呢？"一天晚上他在自己的小屋里咕哝，"好，我们来总结一下，这头'恶兽'从来不袭击羊群、牛群，每次只袭击人。但据我所知，一般来说，狼不会这么做，它们提防着人，喜欢避开人群。当然，如果真的饿极了，它们也可能袭击落单或者瘦弱的人，像小孩、女人，像之前发生的几个案例。但在一天之内一下子攻击四个人，不太符合逻辑！另外，这头'恶兽'总是单独行动，从来不结伴。但是，也曾经有好几个目击者说看到狼群靠近死去的受害者……最奇怪的是有一些受害人被发现的时候没有头，他们的头被干净利落地砍去了。狼有这样的本事吗？太奇怪了！"

大恶狼

狼十分可怕，在很多故事中，它们被描绘成一种狡猾、善于欺骗、喜欢吃人的动物，例如大家熟悉的《小红帽》。狼的坏名声一部分是因为易怒的毛病，它们吃狐狸、狗甚至是同类。到了19世纪，这种动物被描绘成极具攻击性的可怕生物，就像魔鬼一般！它们会咬人，患狂犬病的狼能把病传染给人。长时间以来，人们认为狂犬病的根源是超自然的、无法解释的，这种病能够引发村民的精神癫狂。

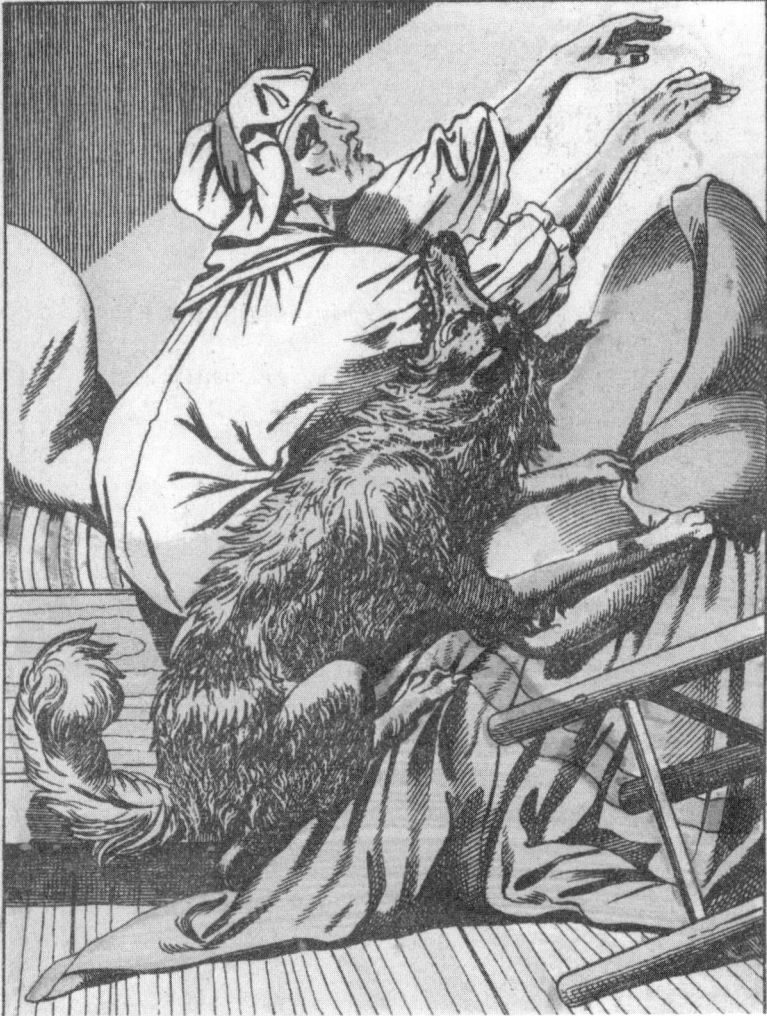

© Leemage

第四章

夜晚的威胁

那天晚上下起了雪。黎明还没到来，皮埃尔已早早醒来。他感到阵阵寒意，犹豫着要不要从温暖的床上爬起来，他又迷糊了一会儿，脑海中浮现出让娜的脸庞和"女巫"灼热的眼神。从第一次见到她开始，已经过去几个月了。她的身影总是不住地出现。他很清楚这是为什么，但并不愿意承认。

突然，外面传来了嘎吱声，他不禁打了个哆嗦。有人在雪地里行走，就在附近，当然，也有可能是什么动物。那东西直接停在他的门口，低吼着抓他的门。

皮埃尔背后感到阵阵凉意。不会是……他犹豫了下，迅速从床上跳起来，抓起手枪，把百叶窗打开一条缝。一头巨大的毛茸茸的动物向远处奔逃。那动物有四个爪子，步伐有些奇怪，似乎重心不稳。皮埃尔开了一枪，但那动物已经消失在黑暗之中。天空中只挂着一钩残月。

他快速地给手枪重新装上火药，只穿着衬衫和衬裤就跑到了外面，大声叫起来：

"'恶兽'，'恶兽'在这儿！"

积雪的小路上布满了爪印，清晰地显示出野兽逃跑的路径。这个时候，传来响亮的呼喊声："救命！"

他马上停下来。老玛丽正站在水池旁边，手里握着一根棍子。一头灰色的野兽怒吼着，流着口水，身上的毛根根直立。

皮埃尔开了一枪。这次，他击中了，野兽倒在地上。

这时候，村民们在捕狼人德内瓦尔的带领下，很快赶到了皮埃尔和死兽的身旁。原来是一条狗，一条身材高大、耳朵下垂的狗。

"这是我的猎犬！"德内瓦尔睁大了眼睛，大声叫道，"它已经失踪一个星期了。"

他俯下身子想要凑近猎犬。皮埃尔阻止了他，因为猎犬表情狰狞，嘴边流着口水，一副准备撕咬的模样，整个身体的动作十分不协调，所有这些特征都说明它染上了某种疾病。

"小心，它可能得了狂犬病！"他大声说，"虽然死了，但它可能还是很危险！"

狂犬病，这种神秘莫测的疾病会使得狼、狐狸、狗獾和狗变得具有攻击性，像发疯了一样。那些受感染的狼不再惧怕人类，反而会主动发起攻击。人被它们咬伤会染病，而且这种病通常是致命的。皮埃尔不禁打了个寒战。

"大家可能会问，'恶兽'会不会是头染上狂犬病的狼？但据我所知，那些幸存的受害者中并没有人染上狂犬病……不，这条线索不对。"

周围的人们一听到狂犬病，个个都怕得发抖。

"我们的狗就是被'恶兽'传播了狂犬病毒才变坏的！"

"我觉得肯定是'女巫'或者是'恶狼司令'查斯泰尔干的。他们想把我们都变成魔鬼！"

"我们都受到了诅咒，我们都会被吞掉的！"

皮埃尔叹了一口气。怎样才能战胜无知，让这些人明白真相？

于是，他向大家解释，狂犬病是在肉食动物之间感染并传播的疾病，得了狂犬病的人不会变成魔鬼，但这种病会让人变得躁动和可怕。总有一天人们会弄清这种病的根源、治疗的方法，他对此充满信心！

但这些话似乎并没有使听众们信服。

那天的天气显得格外阴沉。大多数村民把自己关在家里，用双重锁链把狗系起来，生怕它们染上狂犬病，一刻不停地小心看护。只有当神父上门慰问，说些宽心的话时，他们才愿意开门。

这一天对皮埃尔来说，只发生了一件好事：他从老玛丽那里得到了一碗肥肉汤。可怜的玛丽还是心有余悸，但特地做了汤感谢皮埃尔。尽管如此，皮埃尔心里还是很沮丧：如果打死的不是一条狗，是"恶兽"就好了！

突然，他又想到了早上听说的那个"恶狼司令"查斯泰尔，人们提起他时满是惊恐。他到底是谁？应该要认识认识他。

第二天，天气很好，冬日里阳光明媚。皮埃尔跨上马，准备踏雪去欧蒙－欧布拉克。那里不久前发生了四起"恶兽"袭击事件，受害者都死了。他采访了几个目击证人，希望能够较准确地描绘出"恶兽"的形象。之后他准备在全省张贴"恶兽"的画像，提醒人们潜在的危险。采取这种办法是因为之前张贴的文字布告都不太奏效——识字的人实在太少了。但这头"恶兽"到底长什么样呢？实在难以得知，因为他并没有亲眼看见！

他的脚步又不知不觉地踱到了让娜家附近。是巧合？还是他有心去看她？

他和查第格来到山谷。山谷中长着许多栗子树和蕨类植物，地上满是积雪。马儿的步子越来越不稳，皮埃尔从马背上摔了下来。

"你的蹄子嵌进了一块小石子，"他发现后说，"我来帮你清理一下。"

马儿乖乖地任由主人清理蹄子。有时候，皮埃尔真的觉得它能听懂自己的话！

突然，他听到了一声凄惨的哀叫——这种叫声一听就是动物发出的。查第格警觉地竖起耳朵，但并没有逃跑。皮埃尔手里握着枪，小心翼翼地钻进旁边的树丛里。

他看到一头狼吊在半空中，一条腿被树枝上的绳索缠住了。原来是一个绳套！只要动物一碰到放在地上的绳扣，就会触发圈套，然后被套住，吊到离地一米的空中。

狼痛苦地呻吟着，呻吟声中还透露出害怕。不应该这么对待它。皮埃尔毫不犹豫地扣动扳机，击中了绳索。狼掉到了地上。尽管只有三条腿能动，但重获自由的狼飞快地逃走了。皮埃尔微微发抖，他认出了刚才的那头狼，是让娜的灰色母狼，因为它的眼睛下面有一块斑点。

他飞快地跑向她家。此刻让娜正在门口，蹲在母狼的身旁，照料它的伤腿。看到皮埃尔走近，母狼发出低沉的吼声。

"您来这儿干吗？您想干什么？"让娜冷冰冰地问道。

"我刚刚救下了您的伙伴，您就用这种方式来感谢我吗？"皮埃尔转身离开。

"您说什么？"

皮埃尔跟她讲了莫狼的遭遇。她听后稍稍有所宽慰，向他表示感谢。

"为了抓到'恶兽'，他们已经快发疯了，"她嘀咕道，

"到处设陷阱，是想把全国的狼都杀掉吗？"

"难道您就不怕它吗？"

"您说'恶兽'吗？有天早上它来吃我，但最后却和我勾结起来。我们这些女巫很喜欢受诅咒的动物！"

他吃惊地看着她。她的脸上露出一丝淡淡的笑。

"您真的相信这些传说？相信有女巫、恶魔、狼人？"她讽刺道，"其实最让人害怕的应该是人心吧！"

她的笑容消失了。绿色的眼睛闪烁着迷人的光芒。真是个美人！真是出人意料！皮埃尔之前从未遇到过这样的女子！

"您的狼伤得不重吧？"他问，"我是位博物学家，我可以……"

"我知道您在研究狼，"她打断他，"在这儿，什么消息都传得很快！莫狼会好起来的。它之前曾被人下过马钱子毒。我给它灌草药，最后把它治好了。"

"它跟您在一起很久了吗？"

"如果您想知道我是不是'恶狼司令'，那我可以告诉您，不是！我捡到它的时候，它还没断奶。它母亲和整个狼群都被那些可恶的狩猎人杀死了。自此之后，它我行我素，但总会回到我身边。"

突然，皮埃尔心里生出一种别样的感情。他发现眼前的这个年轻女人和她的狼十分相像：易怒、独立、坚韧，但心底都藏着过去的伤疤。

"'恶兽'不是一头狼！"让娜突然很肯定地说，"狼绝不会那样杀人！"

"其实我也不相信。但那些目击者都信誓旦旦地说，看到过狼靠近死去的受害人。"

"没什么好惊讶的。"让娜反驳道，"它们为了活下去，有时候也会吃腐肉。您不知道吗？"

"呃……我从没注意过这一点。但这很可能是真的。"

"人们把什么都怪罪到狼的头上。"

"那是因为他们不了解狼。恐惧来源于无知！我只是希望我的研究成果能让人们更好地了解它们，尊重它们。至少，从我自己的角度来说，这些知识是很有用的……"

他的情绪有些激动，同时又略微有些尴尬。他的性格一贯腼腆。她默不作声地凝视着他，很显然被他的这番话打动了。

突然，皮埃尔感觉到手心有些凉。原来是莫狼把鼻尖伸了过来，持续了半秒钟的时间。这是一种友好的表示吗？

"好了。我今天还有事情。我猜您应该也是。"让娜突然说，"再见！"

没有别的表示，她径直走进了屋子，留下不知所措的皮埃尔。

他只好跨过她房子前的那一圈头骨离开了。在回去的路上，他思索着：她为什么要摆那些东西呢？是为了辟邪吗？

"难道说我已经爱上她了？"他望着马儿，说出了心里话，"我可是发过誓的，再也不能落入这种陷阱……"

几个星期过去了。尽管捕狼人德内瓦尔和手下们多次深入丛林进行搜捕，布下成千上万的陷阱和毒饵，但"恶兽"仍旧继续着恶行。1765年3月，情况尤为惨烈。死亡的丧钟在各个村庄的钟楼接二连三响起，沉重的钟声不断宣告又有葬礼举行。"恶兽"似乎扩大了作恶范围，一路奔袭，从热沃当北部一直延伸到奥维涅南部。

一天，作为一名称职的调查员，皮埃尔再一次来到惨剧现场。他在离受害人不远处的烂泥里发现了一些大脚印。仔细检查一番后，他小心翼翼地把脚印描摹下来。在一旁看着的捕狼人目光阴沉，对皮埃尔所做的一切十分不解。这些脚印看起来像是狼留下的……但哪种狼会长这样的爪子和这么大的脚指甲呢？

另外，皮埃尔还在周边发现了野猪的皮毛。他把这一线索也仔细地记录了下来。

在热沃当和法国其他地区，关于"恶兽"的议论四起。有人认为这是一头来自远方的野兽，应该是鬣狗，有人认为是棕熊，有人觉得是猞猁，甚至还有人说是只很大的猴子。皮埃尔对这些说法进行了长时间的研究。鬣狗生活在非洲，法国的几个动物园里也有几只。它们的下颌非常有力。但根据皮埃尔的了解，鬣狗的尾巴很短，耳朵很大——这些都同几位目击者对"恶兽"的描述相反。那有可能是棕熊吗？它们能够像"恶兽"一样站立起来，但个头比"恶兽"大太多了，而且也没有长尾巴。那么猞猁呢？它们太小了，而且毛色也不是红棕色的。至于大猴子，它们根本不可能在严寒的环境下生存。再说它们会吃人吗？

当然，皮埃尔也考虑过野猪的可能性。它们十分强壮，在受到威胁的情况下也会有攻击性。但它们能一下子杀死那么多人吗？

人们还提出了"恶兽"是半熊半狼的说法，甚至还有人说是人头狼身的狼人！这些假设都太异想天开了，很快就被皮埃尔否定了。

随着时间的流逝，皮埃尔同村民们的关系也得到了改善。慢慢地，人们对他的不信任消失了，双方之间的坚冰逐渐融化。大家越来越喜欢拜访他，和他讨论问题，欣赏他从各个角度精细描摹的狼的画作以及其他各种肖像画。

皮埃尔跟大家谈论狼，说它们力气很大、眼神深邃、奔跑迅捷、个性狡黠、喜好群居。他说他曾经看到过狼群照料失去父母的狼崽，而且狼害怕人类……大家边听边点头，兴致勃勃，但依旧半信半疑。

小心狼人

直到 17 世纪，许多学者仍然坚信人可以变成狼。这种臆想出来的狼人形象让人担惊受怕。人们对狼人的恐惧甚至超过了狼本身。有人认为狼人是受到诅咒的罪犯，他们同魔鬼缔约，在每一个月圆之夜变成狼，去吃人或者咬人，之后再把被咬的人也变成狼人。只有用经过牧师降福了的子弹才能让他们重获自由。因此，有些人认为，"恶兽"就是狼人。

© Lee/Leemage

© Ravenna/Leemage

不寻常的杂交动物

一直以来，在不同的文化背景下，人们创造出了各种外形不同的，奇异的怪兽。16世纪，意大利的一本自然历史手抄本上介绍了一种上半身为人形，却长着马腿和狗头的生物。传说这种动物会偷盗、杀人。有人曾猜想热沃当的"恶兽"是熊和狼或者狼和鬣狗的杂交后代……但这种说法站不住脚，因为这几种动物之间无法繁殖。而因为狗是狼的一个亚种，所以能繁殖后代。

第五章

大搜捕

春天终于来了。而天空依然阴沉沉的，时常下雨。热沃当没有一丝愉悦的气氛。到1765年5月，这里一共发生了122起野兽袭击事件，其中66人死亡，40人受重伤。

当地的居民已经筋疲力尽，无力再组织大搜捕。而那位著名的捕狼人德内瓦尔，还是没抓到"恶兽"。大家对他颇为不满，责怪他速度太慢，组织不力，对所有人都一副居高临下的样子。

但事实上他已经付出了极大的努力。一有惨案发生，他就立刻带人赶往现场，搜寻四周的树林，希望能够找到"恶兽"的蛛丝马迹。

除了开展搜捕行动，他还设计了圈套，挖了很多陷阱。每个陷阱都又深又滑，里面设置有一个木桩支架，上面有一块木板，最上面铺了一层树叶。在陷阱的前面，还系上了一只鹅。他希望用活的猎物来吸引吃人的恶狼。捕狼人还挖了一些坑，一旦有恶狼进入，就休想再逃出来。他还制作了捕狼夹，用大片的肉遮盖起来，另一头连到树干上，狼一旦中圈套，就会被吊起来。他四处投放致命的诱饵——填满玻璃碴或铁针的肉球。为了让恶狼上钩，并且防止它嗅到人的气味，德内瓦尔在陷阱的周围放上动物的骨架、甚至还有带着温度的狼的器官。

虽然皮埃尔对这些残忍的捕狼手段感到不舒服，但还是跑去近处观察。他仔细地观察并且画下这些样式各异的陷阱。他准备给自己的文字配上这些插图，这样登在《百科全书》上的文章就能更加生动、直观。

但显然，抓到的为数不多的狼并不是大家要找的"恶兽"。因为它还在继续不停地作恶。

到了五月份，德内瓦尔终于泄气了。

"我真是想不通，怎么就抓不到这头不死的狼！它真的什么都不怕。大白天里能在村里的任何地方发起攻击！有人说，它杀人并不是为了吃，而是为了满足残暴的欲望！

这太不正常了。"他叹了口气，胡子也跟着颤抖起来，他跟皮埃尔说了心里话，"看看吧，我们的国家要完蛋了！"

皮埃尔深知抓捕"恶兽"的困难。他很理解眼前这位诺曼底老人的苦楚。老人更习惯于在平原上捕狼，而面前这险恶的环境里到处都是深谷、碎石、激流，浓密的树林中布满了兽穴，想要在这里搜寻"恶兽"的踪迹实为不易。对于这样的环境，皮埃尔也是刚刚开始熟悉。

为了博老人一笑，皮埃尔向他描述了城里几个绅士设计的"可笑的陷阱"：在猪皮上画脸，弄成女人的样子，并在里面放满毒药；把几个小孩放到深沟里，充当诱饵；或者给一头羊戴上帽子，打扮成女孩的模样，再拴到树桩上，然后在周围安排上枪手……

最近，"恶兽"似乎躲在"三峰"地区。三峰高耸入云，树木丛生，难以接近。皮埃尔曾经去过一次，他准备再次前往，去见见那些曾经近距离见过"恶兽"的人，希望能够从他们的口中知道一些消息。

一天晚上，他去拜访了拉休梅特兄弟的住处。

"突然，我从窗口看到它就在那儿！"兄弟中的一个是个小贵族，他绘声绘色地说道，"这头庞然大物就坐在草地上，直直地盯着放牛的小托马。大家飞快地赶过去，希望能够围住它。但还是被它逃走了。跑着跑着，它猛然回过身，直直地扑向我们。我举着火把烫到了它，它摔倒了，然后，又站起来，就好像什么都没有发生一样！它逃跑了，我们一直追到半夜，但它就像施了法术一样，消失在树林里。没能一下子杀掉它，真是太可惜了！"

还有一个手臂受重伤的年轻牧羊人一边颤抖，一边说："当时我在波姆城堡附近照看牛羊。它来了，转过身子，扑过来想吃我！我当时觉得自己肯定要死了！幸运的是，雅克神父正好经过，他用木棍打它的头。它大叫起来，向后退去，但并未走远，躺在四十步开外的地方。它毫不害怕，可以这么说，这样的场景只会让它觉得好玩！我们轻手轻脚地走开，它没追过来。"

另外几个活下来的受害者显然已经被"恶兽"吓晕了。它沿着一条小路，把一个年轻人拖了很远。年轻人之后就陷入了惊恐当中，完全没办法讲述自己的遭遇。另外一个40多岁的男人，被咬伤了大腿之后就没开口说过话，后来，他疯了。

皮埃尔感到苦恼万分。他真希望自己能够想出好办法，抓住这只可怕的、无法战胜的动物！但他的努力依旧是徒劳，还是没有什么办法……

好几个月以来，他都没再见过让娜，但仍然情不自禁地经常想到她。这种思念前所未有。好几次，他走上那条通向她家的小路，但每次都会手心出汗，喉头发紧，最终半途折返。

"我要跟她说什么呢？"每一次去她家的路上，他都这样问自己，"我肯定会结结巴巴的，她一定会嘲笑我。她并不需要我。我的心已经碎了，没办法开始新的恋情了。"他低声私语，一边抚摸着脖子上刻字的奖章——这是对逝去爱情的纪念，悲伤而又珍贵。

1765 年 5 月，德内瓦尔组织了一场大规模的捕猎活动。皮埃尔虽不愿意，但还是参加了。他要是置身事外的话，大家肯定会说闲话。于是他安慰自己说，至少这也是个新的机会，能够近距离观察到狼。

黎明时分，在马尔齐耶村汇集了一万人，其中包括捕狼人、经验丰富的猎人、农民、领主……他们来自本省的五十六个教区。大家将踏遍"恶兽"的整个领地，登上"三峰"，把它赶出来。这一次，它肯定没法逃跑了！

在老捕狼人的带领下，大家穿越树林，深入浓雾弥漫的峡谷。人们分成几个不同的小组，每个小组由经验丰富的人担任队长。持枪的猎手们隐藏在一边，尽量让自己不引人注目。围猎者们在丛林里排成一排，一个挨着一个向前搜寻。

皮埃尔钦佩地看着这些顽强的硬汉。他们拿着斧子、砍刀、链锤、木棍、长矛、长枪，牵着强壮的大狗。这些狗四肢健硕，脖子上戴着布满铁钉的项圈——以防受到攻击。队伍前进时响声震天！大家叫嚷着、嘲骂着，吹着号角，敲着鼓和煎锅……希望能够吓唬敌人。身处这样的环境，皮埃尔开始怀念自家小屋里安宁甚至寂寞的时光了！

突然，他发现自己脖子上戴的奖章不见了，肯定是卡扣松了，掉在了路上。虽说奖章有点傻气，但却是他的珍爱之物。他赶紧折返，希望能够找回来。不知不觉中，他已经离开了队伍，灰黑色的岩石矗立于峡谷之上，在雾气中隐约可见，如同畸形的怪兽。猎人们的喊叫声逐渐远去，四周一片死寂。周围的树丛突然动了一下，皮埃尔立刻警觉起来……

一个男人走了出来。他身材高大、气质高雅、衣着得体、脸庞瘦削、手指修长，很显然是个贵族。

男人似乎也有些惊讶，但很快露出了微笑。

"我是让－弗朗索瓦－夏尔·德·莫朗日伯爵。"男人开始介绍自己，"如果我没搞错的话，您应该就是大家口中那个年轻的学者吧？您这是迷路了吗？还是讨厌那个什么捕狼人的大搜捕？说实话，我也很不满。"

"呃，对……不。我丢了一件很珍贵的东西……"

眼前的这个男人让皮埃尔感到有些不自在。难道是因为他的嗓音过于温柔，而目光却又太过犀利吗？

"我允许他们继续搜寻下去。但我本人就不参加了，跟着他们也是徒劳。"德·莫朗日伯爵一副毫不在意的神情。

他往衣袋里放了一个类似于小肉球的东西，接着说："哪天晚上有空的话，您可以去我父亲的城堡坐坐。我很希望听您讲讲狼群的秘密。说起来，它们真是一种不寻常的动物，您觉得呢？"

伯爵重新上路，消失在迷雾之中。

皮埃尔也加快脚步，重新回到队伍当中。很遗憾，他没能找回奖章，但不管怎么说，还是回到队里更重要。

在这次大型围捕行动中，人们杀掉了许多狼，有公狼，有母狼，还有小狼崽。但"恶兽"依旧不知所踪。它像往常一样，无比狡猾，让人无迹可寻。有人说它知道大家在找它，所以变身成了石头。也有人说这个作恶多端的畜生实际上是查斯泰尔的儿子，也就是狼人安托万，他就在这附近徘徊！

但皮埃尔和一些人却认为，这个直觉敏锐、智力超群的"恶兽"应该就藏在某个秘密的巢穴里，或者已经逃到很远的地方去了。

然而，事实是它并没有走远！5月24日正是马尔齐耶村举办大型集会的日子。"恶兽"在这一天以一种尤为血腥的方式再次出现。那天，大人们都跑去市集贩卖牛羊，"恶兽"发动了五次连环袭击，针对的目标都是那些留下来照看牲口的小牧羊人和牧羊女们。其中一个幸存者很肯定地说，自己用钉耙打伤了"恶兽"，它舔着伤口逃走了。

"如果这是真的，那么'恶兽'并不是像人们想象的那样刀枪不入！"当晚，皮埃尔不停地想着这件事，"既然如此，它为何要这样疯狂地对待人类？肯定得有个原因。它是想报仇？还是疯了？"

这段时间，住在凡尔赛宫的路易十五也饱受折磨。近几个月，热沃当"恶兽"伤人事件在小道报纸的渲染下传得沸沸扬扬。这些报纸歪曲事实、添油加醋，在全国范围内到处散布"恶兽"杀人的消息。终于，这件事情闹得全欧洲皆知，大家嘲笑法国国王软弱无能，竟然无力面对一头狼的挑衅，置人民于险境！事件在全国乃至全欧洲范围内引发了前所未有的热议。

身处不利境地的路易十五认为应当采取行动，大干一场，让国家摆脱这头难以忍受的怪物，捍卫自己的荣誉！

他把好友弗朗索瓦·安托万·德·波特那侯爵派往热沃当。这位高贵的皇家猎人肩负必胜的使命，带领皇家狩猎队前往当地。

1765 年 6 月，侯爵带着手下人来到热沃当。当地人望着盛装的来客，倾慕不已：终于，国王亲自关心起这件事来了，而且还派人前来援助！

德·波特那侯爵一到，"恶兽"又隐藏了踪迹，似乎是在观察对手的计谋。

波特那显得很热心，而且和皮埃尔一样非常有能力，做事有条理、深思熟虑。他与德内瓦尔截然不同，他乐于倾听，努力了解当地情况，并且对那些巫师和狼人的故事嗤之以鼻。

经过一番分析，波特那认为："应该有好几匹狼在此地活动。这些畜生给当地带来了巨大的灾难，必须尽可能地杀掉！"

他联合了捕狼人德内瓦尔。后者尽管不满，但只能听命于他。他们一起发动了新的围捕，却仍然没有结果。

"恶兽"又重新开始杀戮了！

热沃当的洛泽尔

大部分的"恶兽"袭击事件都发生在洛泽尔，并且主要集中在位于北部的"三峰"地区。在18世纪"恶兽"出没的那个年代，法国分为许多个教省，每个教省又包含若干教区。例如，洛泽尔教区隶属热沃当教省。主教为每个教区的管理人。作为教会最高权威的主教拥有极大的政治权力。整个法国社会被分为三个等级：贵族、教士和第三等级（人民大众）。

法　国

洛泽尔

第六章

直面"恶兽"

夏天来了。1765 年 7 月的暑热压得人喘不过气。农民们全家出动收割庄稼，热得汗流浃背。皮埃尔同大家一起参加了田间劳动，尽管劳累，却也体会到不少乐趣。大伙儿对他的帮助和善意十分感激，这个"小小的学者先生"简直快成为村民中的一员了。

但说实话，皮埃尔还是怀念起了城市的生活。另外，他可怜的存款消失得就像阳光下的雪花一样快。那么，留在这里到底是为了什么？一年的时间里，观察的狼已经足够支撑他完成《百科全书》相关部分的写作了。而让娜又总是对他避而不见，和他保持着距离。当然，现在这一切都无关紧要了。

他下定决心在夏天结束的时候离开热沃当，然后把自己的文章拿给狄德罗先生，这位作家、哲学家前辈将阅读、出版这些文章。但遗憾的是，皮埃尔还没有近距离看过那头该死的"恶兽"，它让猎人、农民、龙斗士、捕狼人和皇家猎人饱尝失败的苦果，而且，它已经杀死了74个人！

一天晚上，在黑羊旅馆，老玛丽讲起了查斯泰尔家族的故事，皮埃尔听得兴致勃勃：

"他们就是一群巫师，我跟您说，没有人希望在路上遇到他们！如果有人盯着他们看，他们就会恶狠狠地瞪你！尤其是那个最小的，简直不想提。一看到他浑身长毛、沾满泥浆的样子，我就不寒而栗，而且他总是和狗混在一起——真是彻头彻尾的怪物！"

"查斯泰尔一家！我差点儿忘了他们，传说中的'巫师、狼人、恶狼司令'！"皮埃尔露出若有似无的微笑，恍然大悟一般，"为什么大家都怕他们？他们和这些狼之间到底有什么联系？"

他逐个询问在场的人，大家似乎都不愿多说。但没关系，他多少总能搜集到一些信息。

让·查斯泰尔以前开一家小酒店，他很擅长打猎，有时候也当猎场看守人。很难得的是，他拥有佩猎枪的权利。大家说他易怒、暴躁……而且还穷，都叫他"假面之子""女巫之子"。

他和妻子总共生育了九个孩子。大儿子叫皮埃尔，生性腼腆，不善言辞，是特纳泽尔森林正式的猎场看守人。最小的儿子叫安托万，围绕他流传着各种流言。

大家都说他的生活十分坎坷。年轻的时候，他离家出走，在海上被柏柏尔人抓住，和野兽们一起被关进动物园里。他在那儿受尽虐待，之后得到一位神秘贵族的帮助，逃回法国。他离群索居，和狗群生活在一起。有人说，他有时候也去帮帮大哥的忙。后来他逃到了特纳泽尔森林深处，住在小窝棚里。据说那个地方没人敢去，有时候猎犬追踪"恶兽"的影踪，追到那里线索往往会断了。

对于流言蜚语和各种所谓的传说，皮埃尔总是嗤之以鼻。但同时，他也充满好奇心，而且勇敢无畏。一天下午，国王的特派专员波特那经过细致的考虑，决定在尚维山开展一次新的捕猎行动。皮埃尔准备借机深入这片著名的森林探险一番，他想要近距离地看看查斯泰尔一家。因为知道路途艰险，他把马儿留在了森林入口处。

暴风雨即将来临。年轻的博物学家越往树林深处走，这片由山毛榉和松树组成的森林越是幽暗浓密。他按照别人提供的一些模糊的指示，沿急流而上，爬上布满洞穴的陡峭山崖。他一路走，一路做好标记，以便回程的时候能找到路。

周围一片死寂。

"这气氛真叫人害怕！"他低声嘟哝。

他总觉得有人在暗中窥探着自己。突然，他的脚踩到了一个黏稠的东西，原来是被不知什么动物啃过的野羊头颅。正在这时候，远处回荡起了嗥叫声：是狼群！皮埃尔打了个寒战，心想：这叫声到底是什么意思？在传递某种信号吗？这一刻，他深深地感受到，自己对于这种野兽的了解还未达到无所不知的程度……

他走了很久，最后在松树掩映的密林深处发现了一个小屋。

"我真蠢！现在怎么办？去敲门，然后说'我来看看你们到底是不是狼人'？"

他并没有事先想好计划，只顾蹑手蹑脚走上前去。有一点是确定的，如果狗群在的话，一定会对他的到来发出警报。但周围没有任何动静。他听到屋内有人讲话，于是踩着屋外的木堆，透过肮脏的窗格往里张望。三个男人围坐在一张桌子旁：那个身材高瘦的脸上带着哀伤的神色——很可能是查斯泰尔的大儿子；另一个年轻些的浑身长满了毛，身上满是污垢，一副流浪汉的样子——应该是安托万；那个最年长的身材矮壮，脸色凝重——是查斯泰尔。查斯泰尔高声朗读着一份文件（皮埃尔有些震惊：这个男人居然识字？）

"这头凶猛而又不寻常的'恶兽'吞掉了善良的人，在附近的村庄引发了混乱。它的身材比狼高大……"

突然，一阵雷声响起，巨大的响声把皮埃尔吓了一跳，他从木堆上滚了下来，发出了响声。屋里立刻传出叫喊声。皮埃尔害怕挨枪，赶紧逃跑！

他径直往前冲，冲下山坡，转弯，穿过小溪，再往上爬……一路上树枝不停地打在他的身上。查斯泰尔一家人在追赶他吗？他不得而知。但他做的那些标记哪儿去了？

最后，他上气不接下气，倒在密林当中。

"没人会来帮我，哎，我迷路了！"他望着周围的一切。

奇怪的是，他又感觉到周围有人不怀好意地盯着自己……这个时候，就在十步开外的地方，有一个怪物一般的影子突然跳了出来。脸是尖的，头很大，耳朵直立着，脖子上长满了长毛，巨大的嘴半张着，露出锋利的獠牙！"恶兽"！眼前的动物凶残地盯着皮埃尔，发出嗥叫。年轻人吓坏了，想要拔手枪，但猛然间发现自己居然忘了带枪！他后退一步，顺手折下一根枯树枝。

"不要逃，不要背对着它。附近没有树可以爬，也没有其他的逃生路，看来只能直接面对它了。一定要战斗到底！"

"恶兽"慢慢地朝皮埃尔靠近，长满毛的尾巴在空中大力抽打，让人不由感觉到它的凶狠。微弱的光线下，皮埃尔很难看清"恶兽"的面目，但可以猜到它十分强壮有力。它准备发动进攻。

突然，树林里传出了吼叫声。一头、两头……五头狼出现了，它们耳朵直立，毛发浓密，气势汹汹。"恶兽"停住了。狼群不断靠近。它们对着它，叫得更为凶狠。出人意料地，"恶兽"灵活地跃起，钻进旁边的丛林中，消失了。

皮埃尔简直要站不稳了。他盯着眼前救了自己性命的狼群。让他吃惊的是，他认出了里面有让娜的狼——莫狼。片刻间，狼群已经散去。

他花了好长时间才平复心跳、恢复镇定。他不知道怎么走，于是只能小心翼翼地走上狼群离开的道路。他手里拿着木棍，紧张地窥伺着周围的环境，怕再有吃人的野兽跑出来。

狼群穿过森林。皮埃尔跟着它们的足迹走出了森林。视线范围之内，他没有看到其他的狼，也没有看到"恶兽"。他的马儿还在原地等待，悠闲地嚼着草。

皮埃尔骑上马飞奔而去，这时候，他才从刚才的一幕回过神来：他近距离看到了"恶兽"，还从它的口中逃脱了！它不是狼，不是鬣狗，也不是熊或者野猪……难道说它是这些动物的结合体？它的眼睛红吗？胁部有覆盖着浓毛的护板？这些应该是自己的想象吧？他骂起自己来：怎么能让恐惧战胜理智！

当天晚上，皮埃尔把自己可怕的遭遇告诉了波特那先生。第二天一大早，他毫无惧色地回到了围捕行动中，再一次搜索特纳泽尔森林。他尽力避开查斯泰尔阴冷的目光。但围捕行动再次失败。

日子一天天过去。年轻人把自己关在家中，他焦躁不安，花了大量时间试图画出"恶兽"的模样。但每次画完，他就撕掉，然后再重来。最后，他终于画出了自认为符合实际的画像。他自费印制了许多画像，把它们挂在热沃当的各个角落。画像的下方写着：这就是"恶兽"，注意安全！这个办法真的可以让大家避开它，从而挽救众人的性命吗？

之后的晚上，他常常失眠，第二天清早起床，总是筋疲力尽。他眼前时常出现吃人'恶兽'的可怕模样。其中的一个细节令他尤感震惊：印象中那"恶兽"的胁部似乎装着护板。难道说，这头动物穿着护甲？这也许可以解释它为什么会刀枪不入。但是……不可能吧，这也太可怕了！

7月18日，阳光十分恶毒。捕狼人德内瓦尔和他的儿子被国王解雇了，他们满脸愁容。最终还是要离开了，皮埃尔决定去做那件长久以来一直萦绕在他心头的事情：去见让娜。

她正忙着采集草药，有仙鹤草、毒鱼草……令他吃惊的是，看到他的到来，她居然微笑起来。他一口气跟她讲了遭遇"恶兽"的事情，也提到了莫狼和同伴们的神奇出现，当然，还包括他度过的不眠之夜、他的害怕和疑虑……她静静地听他诉说。他的出现让她松了一口气。她似乎变了，也许是岁月的力量让她变得温柔。他跟她分享梦想中的世界，那个充满正义与光明的世界，理智、教育和平等是那里的信条……她沉默着表示赞同，她用祖母绿一般的美眸盯着皮埃尔的眼睛。他突然做了一个大胆的决定，他向眼前的她吐露了心声，告诉她自己曾千百遍地想念她，想念她整个人，想念她天使般忧伤而又孤寂的脸庞，想念她温柔的手……他向她坦白自己曾经深陷爱情，并为此饱受折磨，但如今，他准备重新开始。随后，他沉默了，他感觉整个人都空了一般，觉得自己蠢透了。

她思索良久。她的狼不在家，她觉得心神不宁。皮埃尔突然明白了"恶兽"为什么从来不敢攻击让娜，因为莫狼和同伴们会驱赶它。

终于，让娜尝试着说起她自己的故事。她嗓音低沉，语速缓慢。那些痛苦的回忆不断涌现。她告诉他，从前他们一家人住在热沃当一个偏远的角落。有人找他们复仇，全家遭受了灭顶之灾，只有她一人从这场血光之灾中逃脱。她看到人性的残暴和荒谬，在失去家人、挣扎逃生后只能自我封闭，默默忍受无边的孤寂……她告诉他近几个月来，她无数次想起他，想起他曾经救下自己的狼。但另一方面，她觉得他难以接近，她不想去爱他，因为她不想爱任何人，尽管他坚毅的目光已让她神魂颠倒。

那天，时间似乎停止了。他们忘了"恶兽"，忘了那些苦难，那一刻他们的心中只有彼此。皮埃尔终于明白，自己还离不开热沃当。

© Imagebroker/Leemage

热沃当的威胁

热沃当地处中央高原中心，偏僻荒蛮，远离当时经济较发达的北部地区。当地地貌复杂，有幽深的峡谷、浓密的森林、布满洞穴的悬崖，还有宽广的高原和绿草覆盖的险峰。牛羊经常在那里受到"恶兽"的袭击。当地的农民生活贫困且艰苦。他们很少有人识字，但笃信宗教，并且十分迷信。

残暴的"恶兽"

当时有很多反映热沃当"恶兽"的版画，但画风并不写实。画上身材巨大无比的怪物，正在吃一个年轻女人！流动商贩在各个村子里穿梭，贩售这些版画。版画获得了极大成功，它们激起了恐惧，同时也激发了想象。人们还会吟诵与"恶兽"相关的诗歌，例如下面这首："……它的双眼闪着凶光，眼神令人生畏，就像两个熊熊燃烧的火盆。这头凶残的野兽让世人如此惧怕，因为它从头到脚，都预示着死亡！"

第七章

延续不断的噩梦

1765年的8月很不太平，又有几起事件接连发生。11日，正是星期天，年轻姑娘玛丽－让娜·瓦莱正和姐姐一起穿过小溪。瓦莱是波拉克当地神父的女仆。这时"恶兽"出现了，它围着她们转了几圈，扑了过去。瓦莱手中握着顶部装有小刀的木棍。她十分机警，看准机会用力，小刀一下子划破了"恶兽"的胸膛。"恶兽"受了重伤，痛苦呻吟着后退了几步，逃进了树林。

　　安托万·德·波特那很快知道了这个消息。他和皮埃尔一道，立刻赶往现场。他们注意到现场的脚印有点像狼，同时还有血迹。就在不远处，皮埃尔还发现了一个沾满泥浆的靴印。难道说，袭击发生的时候有其他人在现场？如果真是这样，那就印证了皮埃尔心里的疯狂想法："恶兽"

与人有关。皮埃尔从在"恶兽"身上看到保护板的那一刻就产生了这个想法。那么，这个人是谁呢？他为什么要这么做？难道说，这个脚印只是一个简单的巧合？

但最终大家还是白费了力气，谁都没有找到"恶兽"的踪迹。

"那个年轻姑娘肯定把'恶兽'伤得很重！"波特那激动地说，"它肯定跑到某个角落里，不声不响地死了！多么伟大的壮举！这个'热沃当的小姑娘'是上天派来的使者！"

而皮埃尔却不怎么相信这种说法……

接下来的几天，"恶兽"都没有现身。由于没有确切的证据表明它死了，围捕仍在继续。但大家都累坏了，气氛着实有些阴郁。

8月16日，安托万·德·波特那在"三峰"地区组织了一次新的捕猎行动。让·查斯泰尔和他的儿子皮埃尔、安托万也被征调过来。波特那给父子三人都配备了武器。

在进入森林前，所有人马沿着一条杂草丛生的泥泞小路前行，波特那的两个护卫向查斯泰尔父子了解路况。

"你们对这一带很熟悉。那边是不是有沼泽？"

"没有，您尽管放心走吧，没有危险！"查斯泰尔一家回答说。

第一个骑兵刚刚过去，马蹄下的地面就塌陷了。卫兵从马背上摔下来，深陷烂泥之中，仿佛被吸进去了一般。这分明就是沼泽，一旦滑进去，就有可能丧命！

第二个卫兵过去帮忙。查斯泰尔一家在旁边看笑话。两个卫兵愤怒地转过头望向父子三人，而那三人却以手中的武器相威胁。

第二天，三人被送进了监狱。

三个星期过去了，再没发生过"恶兽"伤人事件。皮埃尔甚至也像波特那样，觉得它已经死了。它会不会和查斯泰尔一家人有某种联系呢？事情有些蹊跷，它和他们在同一时间消失了……一天早上，皮埃尔又去了让娜家。她很肯定地告诉他，自己在黑树林附近看到过它，看到她的狼走近，它立刻逃跑了。

从那以后，皮埃尔和让娜经常见面。他们没有住在一起，因为孤僻的让娜不同意！村民们也都知道了这件事，各种流言蜚语开始流传，大家说这个书呆子被女巫蛊惑了！

皮埃尔坚定地反驳这些闲话。他对老玛丽解释：让娜并不是女巫，她只是一个普通的未婚女子，因为有过很多不好的遭遇，所以才远离人群……

在让娜家的时候，皮埃尔总喜欢舒舒服服地躺在门口的大石头上，凝视着眼前郁郁葱葱的森林，倾听着蜜蜂"嗡嗡"的奏鸣声，当然，他也喜欢注视让娜，而让娜……

莫狼有时候躺在皮埃尔脚下。他悠闲地望着它：会动的耳朵，微微翕动的鼻子，浑圆的眼睛，强壮有力的身体。有一次，他以为它睡着了，于是伸出手去想要抚摸它灰色的皮毛，它立刻转过身来，下颚在他的手指边咬得咯咯作响！皮埃尔立刻明白了莫狼发出的警告。

那天早上，皮埃尔坐在阳光下，给稿子做最后的修改、润色。

让娜突然从他的肩旁俯过来，开口问道："你写什么呢？给我读读……"

他读了起来。忽然皮埃尔有了一个很好的主意，教让娜读书和写字！他怎么没早点儿想到呢？

让娜听完他的建议，却表示反对："我永远都学不会的。太难了！而且……学了有什么用呢？"

在皮埃尔的坚持下，她还是妥协了。于是，他开始教她认字。

晚上，皮埃尔心情很好，哼着小曲往家里走。路上他遇到一个老人。老人告诉他，一个长着尖牙和长毛，浑身污垢的流浪汉想要咬他的孙子们。当时小家伙们正在放羊。一看到老人走近，流浪汉就逃进了峡谷，一边逃，一边还不停地咒骂。大家到处找他，但没找到。

九月初，波拉克附近又发生了"恶兽"袭击人的事件。当地农民听到叫喊声，救下了两个差点儿丧命的年轻姑娘。之后，这头"恶兽"又扑向途经热沃当的几个年轻小伙，其中一人向它开枪，它发疯似地撕咬起来。几天后，它又袭击了皮诺尔的两个年轻的放牛人。它先咬住了年龄较小的那个，另一个小伙见了立刻用刺刀刺它，成功地救下了同伴。之后，它杀死了两个年龄更小的人。

皮埃尔据此排除了对查斯泰尔一家的怀疑，因为他们当时还关在牢里。

安托万·德·波特那本来还幻想着"恶兽"已经死了，

现在十分泄气。他的情绪也影响了其他人，大家不住地担心：这个令人恐惧和痛苦的畜生，真的没办法除掉吗？

凡尔赛宫的国王也被彻底激怒了。16 个月以来，这头杀人不眨眼的"恶兽"已经杀死了 80 个人，造成了 50 人受伤！整个国家都在密切关注这场血腥的惨剧。更糟糕的是，法国的宿敌英国借机把路易十五描绘得丑陋不堪，他们制作讽刺性的小雕塑到处散发：带着武器的法国国王见到热沃当的"恶兽"，居然狼狈逃窜！西班牙和德国也搅和进来。国王命令皇家狩猎人安托万·德·波特那务必完成任务，杀死"恶兽"！

波特那赶紧执行命令。1765 年 9 月 21 日对他来说可是个大日子。他带领着卫兵、四十多名猎手和十多条猎犬在沙兹的树林里捕猎。突然，波特那看到一头巨大的野兽从树林里闪出来。它定在那里看着他，安托万·德·波特那举起大火力的野鸭枪击中了它……它倒下后又站起来朝他冲去。旁边的一个射手赶紧开枪杀死了它。野兽是一头巨大的狼，身高超过 1 米 7，体重达到 65 千克，长着有力的爪子和令人惊叹的獠牙。人们从没见过这么大的狼！

波特那当着卫兵、神父、当地名流和皮埃尔的面，召集了"恶兽"口中的幸存者，当然其中也包括"热沃当的小姑娘"玛丽－让娜·瓦莱。大部分人认为这头巨大的狼就是袭击自己的野兽。但皮埃尔不这么看！

"我完全不认为这就是袭击我的'恶兽'，它并不是狼。"他大声说，"但眼前的这头的确是一头巨大的狼。"

"只有您一个人表示怀疑，丰特奈尔先生。您是不是需要用个放大镜仔细看看清楚？"作为受邀贵族之一的莫朗日伯爵讽刺道。

皮埃尔一点儿也不欣赏这个人。听了解当地情况的神父说，莫朗日穿梭于巴黎和热沃当之间，过着一种"颓败的生活"。他把财产花在赌博上面，干尽各种坏事，心肠也很坏。人们送给他一个绰号——"脏手"。在这一带，一个人要是行为出格，那么他的恶名很快就会传开！

"呃，老爷们，说实话，如果再让我好好看看的话，"玛丽－让娜·瓦莱小心地说，"我也不太确定这到底是不是'恶兽'……而且，我也没有在它身上看到那天被我弄伤的地方。"

在场的人群不禁骚动起来。波特那有些犹疑。但两个牧羊人和一个老汉再次很肯定地表示，眼前的狼就是他们近距离看到过的"恶兽"。老爷们又高兴起来："终于成功了！我们杀死了吃人的'恶兽'！"

"说真的，先生们，我还无法正式宣布它就是那头该死的野兽，"波特那小心翼翼地说，"就算它的确是，那么其他的狼也有可能跟它一样，会来吃人……"

"好啦，别这么保守了，"杜尔侬伯爵顺势说，"您已经战胜了邪恶！"

一位外科医生在皮埃尔的帮助下解剖了狼，并在狼的肚子里发现了一些羊骨头和几小片红色织物。

一个星期之后，国王收到了捷报。他异常兴奋：终于舒了一口气！皇家狩猎人真是个大英雄！

安托万·德·波特那的儿子之前一直在热沃当陪伴着父亲。现在，他把"恶兽"的尸体运到凡尔赛宫，震惊了整个宫廷。

各种小道报纸竞相报道"恶兽"的死讯。神父们在教堂里发表公开申明。各地的钟声也不断向人们宣告这个消息……"恶兽"的死讯传遍了山野和村庄。

但在热沃当，人们还是小心翼翼。10月和11月过去了，没有传出任何人被袭击的消息。这么说来，噩梦真的结束了？大家很愿意相信这是真的，除了还心存怀疑的皮埃尔和让娜。慢慢地，一些消息又传播起来：有人看到"恶兽"穿过草坪，跑进了树林……

11月3日，安托万·德·波特那和他的手下正式离开了热沃当。路易十五在凡尔赛宫为他举办了欢迎仪式，按照皇家的礼遇嘉奖他！

11月8日，查斯泰尔父子被释放。

一天早上，在贝赛尔附近，皮埃尔惊奇地发现让·查斯泰尔和一个小女孩手拉手走着，他很耐心地告诉她怎么设置捕兔子的陷阱。真没想到这个粗野的男人也有柔情的一面！

让娜告诉他，这个姑娘是玛丽·丹第。她的父母十分信任查斯泰尔，他们相信，跟着这位"假面之子"，孩子就不用害怕"恶兽"的攻击。

这个月，虽然天气寒冷，雨水不断，但皮埃尔还是临时决定回巴黎一趟,把他的画和手稿送出去,争取能够在《百科全书》第17卷中出版。一方面离开让娜让他觉得很难受,但能够重回热闹喧嚣的城市,看到马戏团的耍熊人、送水工、水果商人、小酒馆老板、擦鞋匠,又让他感到十分欣慰,而另一方面,小市民的苦难又让他深受触动:一面是衣衫褴褛的小孩、挨饿的母亲,一面却是奢华的镀金马车、衣衫华丽而笑容冷漠的美妇人。社会是如此不公!他像突然发现这一切一样,希望有朝一日能改变这一社会现状……

当他回到热沃当时,与爱人重逢的喜悦驱散了他心中的阴霾。让娜正俯着身子,很努力地认字。她告诉皮埃尔:从12月2日开始,"恶兽"再次出现,变本加厉地杀戮。它不但没有死,还在各地更频繁地出没!人们忧心不已,怀疑它可能是幽灵,也可能永生不死,又或者有好几头"恶兽"。

但皮埃尔觉得,"恶兽"肯定只有一头,它十分强壮,能够快速地从一个地方跑到另一个地方。它并没有什么超能力,它的行踪应该是有规律的……

目击者

1764年11月，一名宗教人士——托瑟利耶修道院院长参加了一次围捕行动，近距离看到了"恶兽"。他这样描述："它身体很长，身高有1岁的小牛那么高。……它的眼睛有点儿像狼。当它发动攻击的时候，我们听到了一声沉闷的叫声，有点儿像狗叫声。它的腹部对着地面，它用毛茸茸的长尾巴拍打着胁部，力量惊人。它越是快速地拍打胁部，攻击的欲望就越是强烈。"

© Costa/Leemage

© Costa/Leemage

Fumée de la Bête, Parceque l'on croit voir une Reyenteque causée depuis le jour le Divendra prés la gens et tous les Ventures, plusieurs Leleurs, parte...

对抗"恶兽"的士兵

　　1765 年 1 月，杜阿梅尔上校和他的龙斗士们到达当地。他写道："农民们脑子里满是恐惧和不情愿，当需要他们参加围捕的时候，我根本没法调动他们。……我命令教区的负责人想办法给龙斗士们借来女帽和长裙。因为这头畜生总是袭击照看牛羊的孩子、女人，所以我认为，把龙斗士们伪装起来，再带上几个看牲口的孩子，'恶兽'肯定会现身。"可惜，杜阿梅尔还是失败了。

第八章

恶兽的末日

1766 年年初，热沃当人依旧生活在恐惧之中。大家闭门不出，把羊群关在羊棚里，生怕在草地上放羊的时候迎面遇上凶残的"恶兽"。

当地的领主们重新请求国王给予帮助，但被拒绝了。在凡尔赛宫，大家都不想再提起这件事，况且，国王已经颁布了召令：德·波特那先生已经战胜了"恶兽"！路易十五已经无法承受再一次的失败。官方表示，这只是几起普通的恶狼伤人事件，只需尽快处理完毕即可。

三月份，又发生了几起事件。受害人中的一些人说，袭击他们的是一个满身是毛、肮脏不堪的流浪汉，很可能，就是之前袭击老人孙儿们的那个流浪汉。然而他并没有尖利的牙齿，也不攻击人。

春日的某天清晨，在去让娜家的路上，皮埃尔听到有人在丛林里低声私语。他悄悄地靠近，发现是莫朗日伯爵和安托万·查斯泰尔在小声说话。伯爵往查斯泰尔手里塞钱。

"这两个人在密谋什么？"皮埃尔心想，"嗯，很可能是查斯泰尔打到了野味，伯爵给他一点儿小报酬。"

一年又过去了。"三峰"地区时不时发生死亡事件，几起事件之后就会有一段时间相对平静。1766 年 11 月到 1767 年 3 月，安静了较长一段时间之后，杀戮再次发生。情况令人害怕：1767 年 5 月，每三天就有一人死亡！三年以来，怪物吃了一百多人。

围捕没有任何的结果。好几次，人们围住"恶兽"，觉得一定能抓住的时候，它纵身一跃，又逃跑了。

一天晚上，皮埃尔突然醒来，感觉自己像是发烧了。

"'恶兽'会把我们都杀掉吗？它会不会真的是魔鬼？"

让娜笑出声来。

"你，一个会写书的知识分子，居然不相信自己看到的，而去相信这些荒谬的故事。真让我失望！"

失望？这正是皮埃尔此刻的心情。他对自己没能结束这场噩梦而感到失望。他现在唯一值得骄傲的事情是教会了让娜读写。她是个聪明的学生，对知识充满渴望。她现在在他身边，比以前快乐很多，但有时候，他还是会觉得她神秘而遥远……

他很清楚，并不能在此地久留，况且自己已经没有钱了。尽管他和当地的居民结下了深厚的感情，但在这个偏僻的小地方，日子还是太漫长了。

1767年5月16日，让·查斯泰尔很喜欢的小姑娘玛丽·丹第被"恶兽"杀害了。葬礼上，皮埃尔看到老猎人哭时，大受震动。从那以后，让·查斯泰尔变得柔和起来，他经常帮助别人，特别是小玛丽一家。他还开始经常去教堂，之前他可是从来不愿意去的。

对于信徒们来说，他们仅剩最后一个战胜"恶兽"的希望：一同祈求天主和圣母玛利亚，祈求他们的帮助。

6月7日正是星期天，大家组织了一场盛大的朝圣活动。人们从各个教区赶来，来到矗立在山顶的艾斯图尔圣母教堂。他们在那儿唱圣歌，做祷告。然而，在接下来的一周里，又有人遇袭死去。

接下来的星期日，大家又组织了第二场朝圣活动，规模比先前的更大。在各教区神父的指引下，上万名虔诚的信徒长途跋涉，蜂拥而来。大家惊奇地发现，其中居然还有让·查斯泰尔，他的两个儿子也陪着他。这个老人似乎深受折磨，他在牧师面前跪下，祈求为他的三颗猎枪子弹降福。

"神父，请您给它们降福。给它们天主的护佑，我会带着它们去了结那头野兽。"

6月18号的一个傍晚，"恶兽"又袭击了一个人，之后藏进了特纳泽尔森林深处。有人看到了它。于是，阿普歇侯爵、皮埃尔、带着猎犬的当地农民以及让·查斯泰尔开始追捕"恶兽"，这一次追捕持续了一整夜，但仍旧没有收获。

1767年6月19日早晨，所有猎人都在原地待命，皮埃尔见证了终生难忘的场面。让·查斯泰尔在不远处的一棵树下坐着，他猛地站了起来。"恶兽"突然从他对面的矮树林里钻了出来。出人意料的是，它非但没有扑向猎物，反而坐下来凝视着查斯泰尔。老人慢慢地拿起枪，瞄准，然后打出了一发被降福的子弹。

这次，"恶兽"终于死了！包括皮埃尔在内的 28 位见证人正式确认了这个消息。皮埃尔被眼前的动物惊呆了，并靠近它，细细地观察，做了如下记录：

这头野兽体型庞大，体重应该超过 50 千克，除了尾巴和后肢，其余地方并不像狼，是雄性，头部十分吓人，嘴巴宽度超过 7 寸（约 23 厘米）——有一只大人的手那么长。上下颌分别长有 20 来颗牙齿，其中 4 颗是像狼一样的獠牙。橙红色的双眼覆盖着一层特殊的瞳孔膜，遮住整个眼球。脖子覆盖着一层厚厚的毛，红棕色的底色上分布着黑色的条纹。前胸有一块白色的心形印记。爪子上有 4 个脚趾，上面有着厚厚的趾甲，比狼的趾甲更长。它的腿，尤其是长着红棕色毛发的前腿十分粗壮有力，红棕色的毛发在其他狼身上从未发现。"恶兽"身上还带着几个伤疤，有被子弹打中的，也有被利刃伤到的，伤疤分别位于大腿、膝盖和眼睛下面。

"恶兽"身上并没有护甲，但前胸上有几个托带的痕迹，表明它曾经佩戴过护甲。仔细观察之后，皮埃尔认为这应该是一条狗，一条特殊的狗——狗和狼杂交而来的大型猎犬，一个杂种！它的确不同寻常，让人震惊。皮埃尔从没见过半狼半狗的动物，但这种杂交又的确可行，因为两种动物十分相近……

在"恶兽"的胃里，大家还发现了人的骨头。

这下终于真相大白了，整个热沃当沉浸在一片欢乐的气氛当中，各地钟声齐鸣，宣读公告的差役到处宣告噩梦结束了。12天以来，这一带的人们从各个角落跑来看这只怪物，此时怪物的肚子已经被清空，并且填上了稻草，人们祝贺阿普歇侯爵组织了这场成功的狩猎，当然，大家也不忘夸奖让·查斯泰尔。

7月1日，查斯泰尔把"恶兽"放到马背上，骄傲地跑到各个村子向村民们展示。这是当时的一种习俗，凡是有猎人打死危险动物，大家都要奖赏他，赠予食物或者钱财。但查斯泰尔几乎没拿到什么东西，受到的迎接也是冷冰冰的。人们还是不信任他。

查斯泰尔准备把"恶兽"献给国王。去凡尔赛宫的路途十分漫长，大夏天气候又异常炎热。"恶兽"死亡一个半月之后，终于被带到了凡尔赛宫。但此时尸体已经腐败了。"恶兽"的外观和恶心的气味让路易十五感到厌恶。他责怪查斯泰尔没有早点儿把猎物带到他跟前。对眼前这个向他索要丰厚赏金的粗俗又叫人害怕的农民，国王并没有任何的赞赏之意。按照官方的说法，战胜"恶兽"的依旧是德·波特那。

简单的解剖之后，国王下令立刻把"恶兽"埋了。让·查斯泰尔并没有得到所希望的荣誉，只拿到微薄的赏金，郁闷地回去了。

事情终于结束了，"恶兽"再也不会作恶了。对皮埃尔来说，也是时候做一个总结了。他仔细地读了一遍这三年以来的笔记，将"恶兽"袭击事件做了回顾。

他认为，这头半狼半狗的动物并不是独自行动的，它受到一个或多个人的操控。这疯狂的幕后主使一定施虐成性，喜欢用恐怖手段进行伤害、屠杀。也许是出于对人类的憎恶，为了某件我们不得而知的事情进行报复？

另外，皮埃尔觉得有几起杀人事件并不是"恶兽"干的，直接凶手就是人。

这头聪明的"恶兽"一定是在幼时就被驯化，盲目地听命于主人。他曾经听说过一些驯化小狗的技巧，可以完全改变小狗成年后的行为方式。可能在远离热沃当的某处，"恶兽"就是这样被灌输杀人和吃人技巧的，之后，再有人给它指出具体袭击的对象。另外，应该还有人教它如何避免陷阱、避免误食毒饵，尽量不发出叫声，戴上野猪皮的护甲，以免受到攻击。有人在树林的深处给它提供了秘密的藏身之地，在袭击的间隔期供它躲藏。

"但从来没有人看到过'恶兽'身边出现过人类，这挺奇怪，"皮埃尔心想，"难道人类真的同此事无关？"

他把自己的想法告诉了让娜。她表示赞同："人类可以做出更加凶残的事情……会是谁呢？可能是让－弗朗索瓦－夏尔·德·莫朗日和安托万·查斯泰尔吗？我的确怀疑过他们，但他们真的能做出这么残忍和疯狂的事情吗？"

"这么说吧，小查斯泰尔似乎对于训练小狗很有天赋，但对人总是充满恶意。他的父亲有可能是帮凶。"皮埃尔接下去说，"你应该也看到了，小玛丽·丹第死了，他有多么难受！因为有可能这个受害者不是预期内的。杀了太多的人，老查斯泰尔受到良心的谴责，于是自己杀掉了'恶兽'……他当时杀它的时候轻而易举，我看得很清楚，它肯定认识他。"

"我想想这能不能站得住脚。"让娜思索着，自言自语。

皮埃尔叹了口气："唉，我们什么证据也没有……可能，以后也找不到证据了！"

1767年8月末的一个早晨，皮埃尔决定离开。他经过深思熟虑，觉得在热沃当的生活永远无法满足自己。他热切渴望着新的探险和发现。他希望去法国的其他省份探索，研究其他的动物，比如说狡猾且擅长偷窃的狐狸。

他向所有熟悉而热络的人们告别。老玛丽送给他一个雪白的狼爪作为告别礼物。狼爪不知从何而来，但人们认为它能够带来好运，避免主人再次遇到袭击！

离开让娜，他心里很难受。这个美丽而倔强的女人拒绝跟他一起走，因为这里才是她的家，她深深地爱着这片荒蛮的土地，爱着她的狼群，爱着山谷里吹来的风，爱着那些会欢唱、会结冰的急流。她甚至开始有点儿喜欢住在这儿的人们了。她感谢这个让她变得温和，耐心教会她读书写字，给她打开新世界大门的男人。

皮埃尔紧紧拥抱着她，最后一次深情地注视着她的双眼。他向她保证，总有一天会回来，带着著名的《百科全书》，让她亲自读一读。他跨上马背，消失在清晨微凉的风中。他不想让人发现自己哭了，但是让娜显然已经知道了。

© Imagebroker/Leemage

勇敢的女斗士

　　1765 年 8 月 11 日，英勇的玛丽－让娜·瓦莱抵抗袭击自己的"恶兽"。她把刺刀深深地插进了它的胸部。"恶兽"受重伤后逃进了树林。这个年轻的姑娘一下子出名了。直到今天，表现她勇斗"恶兽"的雕像还矗立在热沃当。这段阴暗恐怖的历史给热沃当刻上了深深的烙印："恶兽"成为当地的象征，人们还专门修建了一座博物馆，每年吸引着无数游客前往参观！

袭击事件总结

　　在三年的时间内，"恶兽"一共发动了250次袭击，造成130人死亡，70人受伤。60%的袭击事件都针对儿童和青少年，受害人中女孩多于男孩。平均每10起袭击事件中，会有1名受害人为防御力较强的男性；每10起事件中，一般5人死亡，3人重伤，2人安然无恙……一般情况下，如果有人及时救援，受袭者就能够幸免于难。

热 沃 当 恶 兽

La bête du Gévaudan © Bayard Editions, France, 2014

Author：Pascale Hédelin

Illustrator：Alban Marilleau

Simplified Chinese edition arranged through Dakai Agency

Simplified Chinese Translation Copyright © 2024 by Beijing Red

Dot Wisdom Culture Developing Limited Co., Ltd

著作权登记号　图字：01-2024-1187

本书地图系原书插附地图，审图号为 GS（2024）0920 号。

图书在版编目（CIP）数据

热沃当恶兽 /（法）帕斯卡尔·艾德兰著；（法）阿尔班·马利罗绘；顾珏弘译 . — 北京：北京科学技术出版社，2024.5

（历史之谜少年科学推理小说）

ISBN 978-7-5714-3499-1

Ⅰ . ①热… Ⅱ . ①帕… ②阿… ③顾… Ⅲ . ①儿童小说 - 中篇小说 - 法国 - 现代 Ⅳ . ① I565.84

中国国家版本馆 CIP 数据核字（2024）第 007524 号

特约策划： 红点智慧	**电　话：** 0086-10-66135495（总编室）
策划编辑： 黄　莺	0086-10-66113227（发行部）
责任编辑： 郑宇芳	**网　址：** www.bkydw.cn
营销编辑： 赵倩倩	**印　刷：** 保定市中画美凯印刷有限公司
责任印制： 吕　越	**开　本：** 889 mm×1194 mm　1/32
出 版 人： 曾庆宇	**字　数：** 62 千字
出版发行： 北京科学技术出版社	**印　张：** 3.5
社　址： 北京西直门南大街 16 号	**版　次：** 2024 年 5 月第 1 版
邮政编码： 100035	**印　次：** 2024 年 5 月第 1 次印刷

ISBN 978-7-5714-3499-1

定　价： 25.00 元